Timo Parvela

Ellas Klasse und der Wundersmoothie

Timo Parvela

Ellas Klasse und der Wundersmoothie

Aus dem Finnischen
von Elina Kritzokat
Mit Bildern
von Sabine Wilharm

Carl Hanser Verlag

Stress ist eine ernste Sache

Ich heiße Ella. Ich gehe in die zweite Klasse. Genauer gesagt, in die zweieinhalbte Klasse*. Unser Direktor findet nämlich, dass wir für die dritte nicht reif genug sind. Von sich selber sagt er, er wäre reif für die Rente. Das finden wir ziemlich albern, weil wir doch genau wissen, dass unser Direktor noch gar nicht so alt ist. Okay, er ist nicht mehr wirklich jung, aber noch lange nicht im Rentenalter. Denn Rentner wird man erst mit hundert oder so. Unser Direktor kann höchstens neunzig sein.

Meine Klasse ist supernett, und auch unser Lehrer ist richtig prima. Seit Kurzem ist er allerdings sehr besorgt: Er hat Magenprobleme.

»Das kommt garantiert vom Stress«, erklärte der Lehrer seiner Frau. Die war gerade aus dem Mutterschaftsurlaub zurück an die Schule gekommen.

* Wieso das so ist, könnt ihr in »Ella und der falsche Zauberer« nachlesen.

»Hast du denn wirklich so viel Druck?«, fragte sie den Lehrer skeptisch.

»Ja. Das spüre ich direkt hier im Magen«, antwortete der Lehrer und legte die Hand auf den Bauch. »Immerhin habe ich einen sehr verantwortungsvollen Job. Ich bilde die Erwachsenen der Zukunft aus. Diese kleinen Kinder werden später für uns sorgen, wenn wir alt sind. Leider haben die Kinder mich vorhin allen Ernstes gefragt, ob alte Menschen auch im Winter Essen brauchen. Da steigt der Stresspegel natürlich sofort.«

»Vielleicht solltest du dich endlich mal gesünder ernähren?«, schlug die Lehrerin vor.

Wir standen auf dem Flur um die beiden herum und machten uns natürlich große Sorgen um unseren Lehrer.

»Jetzt heißt es wirklich aufpassen«, sagte Timo, der immer vollen Durchblick hatte, »denn wie heißt es so schön? Gestresste Kühe geben keine Milch.«

Wir schauten verblüfft zum Lehrer. Dieser Mensch war also nicht nur eine unerschöpfliche Quelle von Wissen, sondern auch von Milch? Unglaublich, wie vielseitig Lehrer waren. Bis auf unseren Lehrer. Denn leider konnte er ja nun vor Stress keine Milch geben.

»Was ist Stress eigentlich genau?«, überlegte Pekka und kratzte sich am Kopf.

»Das ist eine typische Erwachsenenkrankheit«, wusste Tiina, »die gibt es bei Männern und bei Frauen. Aber das kann ganz unterschiedlich sein. Babyfieber zum Beispiel haben fast nur Frauen.«

»Ach? Und ich dachte, Babyfieber wäre eine von den allerersten Kinderkrankheiten«, sagte Mika. »Die erste Grippe bei Babys eben. Sie heulen und brüllen und kriegen ein heißes, rotes Gesicht.«

»Witzig. Genau das sind doch bei Erwachsenen die typischen Anzeichen für Stress«, stellte Tiina fest.

»Vielleicht sind Babyfieber und Stress dann ein und dieselbe Sache?«, überlegte ich.

»Könnte gut sein«, meinte Tiina. »Der einzige Unterschied: Wenn Erwachsene gestresst sind, ertragen sie keine Kinder. Aber wenn Erwachsene Babyfieber haben, können sie von Kindern gar nicht genug kriegen.«

»Warum ist bei Erwachsenen nur immer alles so unlogisch und kompliziert?«, seufzte ich. »Kein Wunder, dass sie so wenig lachen.«

»Wenn ich erwachsen bin, vergeht ihnen das Lachen sowieso. Dann dresche ich ihnen voll eins in die Lachgrübchen! Falls sie die dann überhaupt noch haben. Erwachsene sind doch einfach doof«, knurrte der Rambo.

Wir nickten traurig. Erwachsene waren wirklich doof. Immer verdarben sie uns Kindern den Spaß, und das erst recht, wenn sie Stress hatten. Und unser Lehrer hatte Stress.

»Genug geredet für heute«, sagte der Lehrer, verabschiedete sich von seiner Frau und winkte uns in den Klassenraum. »Wir nehmen sofort die Ernährungspyramide durch.«

Während er nach vorn zur Tafel ging, hielt er sich leidend den Bauch.

Unser armer Lehrer.

Was ist da drin?

Auf dem Tisch des Lehrers stand ein Smoothie. In einem großen durchsichtigen Becher, der mit einem Deckel verschlossen war. Er war gelb und hatte rote und grüne Punkte – also, der Smoothie natürlich und nicht der Deckel und auch nicht der Tisch. Die Lehrerin hatte dem Lehrer das Getränk am Morgen in die Hand gedrückt und gesagt: »Das wird deinem Magen guttun.«

»Aha? Der sieht aber ganz schön schleimig aus. Was ist denn da drin?«, hatte der Lehrer gefragt.

»Banane, Sellerie, Preiselbeeren, Wunderbeeren, Kleie, Leinsamen und Haferschleim.«

»Du liebe Güte, so eine Pampe! Und das alles passt in den einen Becher? Das hört sich eher nach einem ganzen Kanister an.«

»Den ganzen Kanister habe ich eingefroren, mein Schatz. Du kriegst jetzt jeden Morgen eine aufgetaute Portion. So lange, bis dein Magen wieder in Ordnung und der Stress weg ist. Und falls das länger dauern sollte, mache ich dir einen neuen Kanister. Dein Smoothie wird also nie alle sein, jedenfalls nicht, bevor du wieder fit bist.«

»Nie alle? Allein von dem Gedanken fühle ich mich gestresst«, klagte der Lehrer.

»Unsinn, Liebling. Du wirst dich ganz schnell an den Geschmack gewöhnen. Außerdem hast du den Smoothie doch noch gar nicht probiert, er ist ziemlich lecker.« Mit einem Winken verschwand die Lehrerin in ihrem Klassenraum.

Und der Lehrer saß nun an seinem Tisch und starrte auf das Getränk. Er starrte es sogar richtig lange an. Dann seufzte er, nahm den Deckel ab und schnupperte. Angeekelt verzog er das Gesicht und setzte den Deckel schnell wieder auf den Becher. Er glotzte den Smoothie an, als wäre der ein böser Feind. Das Ganze wiederholte sich zwei Mal.

Der Lehrer sah immer verzweifelter aus. Wir mussten ihn unbedingt aufmuntern.

Schon meldete sich Pekka zu Wort. »Mein Vater trinkt auch jeden Morgen einen Smoothie«, versuchte er den Lehrer zu trösten.

»Tatsächlich? Was denn für einen?«, fragte der Lehrer und sah gleich etwas zufriedener aus.

»Schoko-Sahne mit Eiswürfeln«, sagte Pekka. »Schmeckt superlecker.«

Die Mundwinkel des Lehrers sackten sofort wieder nach unten. Hoffentlich fing er nicht an zu weinen. Er starrte weiter den Smoothie an.

»Wenn ich das trinken muss, kotz ich allen in ihre Brotbox und zerschlage die ganze verdammte Ernährungspyramide«, drohte der Rambo.

»Das klingt fast, als hättest du Lust dazu«, sagte der Lehrer und blickte auf Rambos geballte Fäuste. »Du kannst gern mal einen winzigen Schluck probieren.«

»Oh ja, her mit der schleimigen Pampe!«, rief der Rambo grimmig.

Da wollten wir anderen natürlich auch probieren. Und weil der Lehrer ein großzügiger Mensch war, holte er unsere Becher aus dem Schrank und goss jedem ein bisschen was ein. Unglaublich nett!

Wie der Arme, der sein letztes Hemd verschenkt. Andererseits wussten wir ja, dass bei ihm zu Hause noch ein ganzer Kanister eingefroren war. Wir mussten also keine Sorge haben, dass wir ihm sein Gesundheitsgetränk wegnehmen würden.

Tiina schnupperte an ihrem Becher. »Riecht komisch«, sagte sie. »Irgendwie erinnert mich das an den vergifteten Apfel bei Schneewittchen.«

»Ich finde, es riecht wie ungewaschene Wollsocken«, fand Hanna.

Timo, der schon mutig probiert hatte, sagte: »Die Preiselbeeren sind höchstwahrscheinlich Jahrgang 1813.«

Auch ich nahm schnell einen Schluck. »Ähm, schmeckt wirklich sehr gesund«, stammelte ich und wischte mir mit dem Ärmel über die Lippen.

»Bäh! Das schmeckt, als würde der Joker Batman vergiften wollen«, rief Mika und rannte zum Waschbecken, wo er den Smoothie ausspuckte und hektisch etwas Wasser trank.

»Also, ich finde es lecker«, sagte Pekka. »So schmecken die Smoothies von Papa bei uns zu Hause auch. Und auch seine Aufläufe.« Er rülpste zufrieden.

Nur der Rambo hatte noch nicht probiert.

Der Lehrer sah uns müde an. Dann holte er tief Luft, nahm dem Rambo den Becher aus der Hand und setzte ihn sich selbst an die Lippen.

Doch ehe er trinken konnte, hatte der Rambo sich den Becher zurückgeholt und den Smoothie in den Rachen gekippt.

Gute Medizin schmeckt nicht

Der Lehrer tat uns ziemlich leid. Nun musste er wochenlang dieses eklige Zeug trinken, um sich von seinem Stress zu erholen. Ob das gut gehen würde? Wir mussten dringend eine Besprechung abhalten! Also trafen wir uns an unserem Versammlungsort – im alten Bus, der gleich hinter dem Schuppen im Garten des Lehrers stand.

»Der Smoothie schmeckt zwar fürchterlich, aber wenn er nun mal so gesund ist, muss der Lehrer da wohl durch«, überlegte Hanna.

»Bei so vielen Beeren ist das die reinste Medizin, die enthalten ja jede Menge Flavonoide!«, warf Tiina ein.

»Oh ja, und Flavonoide sind richtig tolle Antioxidantien. Die verlangsamen den körperlichen Verfallsprozess«, sagte ich. Du liebe Güte, das klang ganz schön schlau. Aber über Ernährung wusste man heutzutage eben auch als Kind gut Bescheid.

»Die Wirkung von Antioxidantien ist aber noch nicht vollständig erforscht«, warf Mika ein.

»Das betrifft aber nicht die Antioxidantien aus Beeren, deren Wirkung ist eindeutig gesichert«, knurrte der Rambo.

Ausgerechnet Schlaumeier Timo kam nicht ganz hinterher. »Ich verstehe gerade nur Bahnhof.«

Das wiederum verstanden wir nicht. Wieso hatte unser Klassengenie keinen Durchblick?

»Pekka, verstehst du das?«, wandte Timo sich an unseren Klassendödel, der normalerweise nie was kapierte. Aber heute war alles anders.

»Gute Medizin schmeckt nun mal nicht, das ist eben so, vor allem, wenn da säuerliche Beeren und viele Ballaststoffe drin sind«, erklärte Pekka. »Die Leinsamen, die den Großteil der Ballaststoffe ausmachen, senken übrigens ganz fantastisch den Cholesterinspiegel.«

»Hm. Und was hat dein Vater damit zu tun?«, fragte ich Pekka.

»Wieso, was soll denn mit meinem Vater sein?«, fragte Pekka zurück.

»Na, normalerweise bringst du den doch immer

irgendwann ins Spiel. Er scheint mit allem was zu tun zu haben«, sagte ich.

»Ella, lass uns bitte beim Thema bleiben. Es geht doch gerade um die Gesundheit unseres Lehrers – und nicht um meinen Vater.«

Ich hatte gar nicht gewusst, dass Pekka so sachlich sein konnte.

»Merkwürdige Situation hier gerade«, brummte Timo.

Und er hatte absolut recht. Wieso diskutierten wir plötzlich in diesem Ton? Das war doch sonst nicht unsere Art.

Wir staunten und schwiegen. Ich versuchte, an einfache Dinge zu denken – wie mein Puppenhaus oder was ich am nächsten Tag anziehen würde. Komischerweise wanderten meine Gedanken aber immer zu komplizierten Sachen. Ich machte mir zum Beispiel riesige Sorgen, dass Finnland seine gute Position im Pisa-Test verlieren könnte. Und umso wichtiger war es ja, dass wir die Gesundheit des Lehrers im Blick behielten – denn nur ein gesunder Lehrer konnte schließlich ein guter Lehrer sein.

Hanna schien es ähnlich zu gehen. »Ich habe dauernd so ernste Gedanken«, murmelte sie nachdenklich. »Was ist nur mit uns los?«

»Wir werden wohl langsam erwachsen«, antwortete Tiina.

»Ich gehe dann mal nach Hause, Leute«, verkündete Pekka, »ich muss noch in Ruhe über die Relativitätstheorie nachdenken.«

Unser Lehrer malt ein Haus an die Tafel

Als wir uns am nächsten Tag in der Schule wiedersahen, fühlten wir uns zum Glück wieder normal. Vielleicht war unser Schlaumeier-Gespräch nur ein blöder Traum gewesen?

»Ich habe gestern Abend noch einen tausend Wörter langen Aufsatz über Maßnahmen zum Klimaschutz geschrieben«, erzählte Hanna, »aber heute Morgen habe ich fast kein Wort mehr davon verstanden.«

»Vielleicht haben wir gestern was Komisches gegessen oder getrunken?«, überlegte ich.

»Es lag bestimmt an dem Möhrensalat mit den ekligen Rosinen«, vermutete Tiina.

»Mein Vater hat auch mal was Komisches gegessen«, warf Pekka ein.

»Aha?«, fragte ich.

»Ja, und das lief auch echt komisch ab: Er hat

sich nämlich beim Reinbeißen in einen großen Apfel mit den Zähnen verkeilt. Es hat ewig gedauert, bis er wieder normal weiteressen konnte. Leider war der Apfel innen ganz faulig.«

»Oh. Und was hat deine Mutter dazu gesagt?«, fragte Tiina.

»Gar nichts. Die lag auf dem Fußboden und hat sich kringelig gelacht. Da konnte sie ja schlecht was sagen.«

Pekka hatte endlich wieder eine Vater-Geschichte erzählt. Die seltsame Stimmung von gestern schien vorbei, und wir atmeten erleichtert auf.

Auch der Lehrer verhielt sich wieder normal. Okay, ab und zu rieb er sich den Bauch, und sein Blick war schon zweimal misstrauisch zu dem Smoothie-Becher gewandert. Aber er wusste ja schon, wie er das Problem lösen konnte. Und so holte er auch heute unsere kleinen Becher hervor und goss uns allen eine Portion ein.

»Wenn ihr wieder meine Medizin trinkt, dann übernehme ich für euch die Hausaufgaben«, bot er uns an.

Wir fanden das einen fairen Tausch und kippten

den Smoothie schnell runter. Es schmeckte leider keine Spur besser als gestern, aber immerhin auch nicht schlechter. Dann rannten wir raus auf den Schulhof, um Verstecken zu spielen. Der Lehrer beugte sich bereits über unsere Hefte und fing mit den Hausaufgaben an.

Leider kam das Versteckspiel nicht richtig in die Gänge – Mika sah nicht ein, wieso er sich verstecken sollte.

»Mit dem Maßstab des Universums betrachtet, bin ich sowieso längst versteckt. Und das mindestens so gut wie Batman. Für das Universum ist es nämlich vollkommen egal, ob ich hinter den Busch da drüben renne oder mitten auf dem Schulhof stehen bleibe.«

Das klang zwar ungewohnt, aber es überzeugte uns sofort. Und so versteckten auch wir uns nicht. Doch ein Versteckspiel, bei dem sich niemand versteckte, funktionierte natürlich nicht. Also hörten wir mit dem Spiel wieder auf und gingen zurück in den Klassenraum, wo der Lehrer gerade unsere Hausaufgaben fertig schrieb.

Es klingelte, und als Nächstes hatten wir Mathe.

Außer Timo hatte niemand Lust auf den Unterricht, denn er war der Einzige, der in Mathe richtig gut war. Aber Timo war ja überall gut.

Unser Lehrer ging an die Tafel und malte ein Haus. Jedenfalls erinnerte das komische eckige Ding an ein Haus. Daneben malte er drei Strichmännchen. Und hinter das Haus einen großen Baum, an dem neun Äpfel hingen.

»Diese kleinen Menschen hier, das sind Anna, Aron und Alex. Sie wollen die Äpfel gerecht unter sich aufteilen«, sagte der Lehrer. »Wie viele Äpfel kriegt jeder?«

Timos Hand schoss sofort nach oben.

Wir anderen hatten keinen Durchblick.

Timo begann ungeduldig zu schnipsen.

»Also, Kinder, so schwer ist das nicht. Strengt euch mal ein bisschen an«, ermunterte uns der Lehrer.

Aber wir wussten es einfach nicht. Der Lehrer seufzte.

»Gut, Timo, dann sag du uns die Lösung.«

»Jeder kriegt genau drei Äpfel«, verkündete Timo strahlend.

»Falsch«, widersprach Hanna, die plötzlich eine Idee hatte. »Die Äpfel müssen anders aufgeteilt werden. Derjenige, der auf den Baum klettert und sie pflückt, hat einen Belohnungsapfel verdient. Für seinen Einsatz. Nehmen wir mal an, das ist Anna. Dann muss sie einen Apfel mehr kriegen als die anderen.«

Nun kamen auch wir in Fahrt.

»Super«, rief Tiina, »Anna kriegt vier Äpfel, und die beiden Jungs teilen sich die übrigen fünf Äpfel gerecht auf. Aron und Alex kriegen also jeder zweieinhalb Äpfel.«

»Wenn man es ganz genau nimmt, ist auch das nicht gerecht«, überlegte ich. »Denn Äpfel sind nie genau gleich groß!«

»Stimmt!«, rief Mika. »Man müsste sie zu einer großen Portion Apfelmus verarbeiten. Das Mus müsste man wiegen und dann exakt aufteilen.«

»Aber was ist, wenn Aron eine Apfelallergie hat?«, gab der Rambo zu bedenken. »Das ist doch total doof für ihn. Was kriegt er denn dann?«

»Dann kriegt er Hautausschlag und Atemnot«, wusste Hanna.

»Nicht gut«, kommentierte Pekka. »Ich finde es aber sowieso keine so schlaue Idee, wenn die Äpfel aufgegessen werden. Langfristig gesehen, ergibt es viel mehr Sinn, sie einzubuddeln und drei neue Apfelbäume wachsen zu lassen. Dann hätte man nach ein paar Jahren insgesamt vier Apfelbäume, mit deren Ernte man bestimmt ordentlich Geld verdienen könnte. Und zum Selber-Essen bleiben den drei Kindern dann immer noch ein paar Äpfel übrig.«

Ein fantastischer Gedanke, der jede weitere Diskussion beendete.

Der Lehrer starrte uns an. Ungläubig zog er die Augenbrauen hoch und kniff sich in den Arm. Nein, das war kein Traum!

Manchmal waren wir eben richtig schlau.

Bare litt

Zum Essen gab es heute Lachssuppe. Hanna war die Erste in der Schlange, Timo der Letzte. Hinter uns stand unser Direktor, neben ihm tänzelte nervös unser Lehrer. Vermutlich hatte er Hunger – vor lauter Bauchschmerzen aß er so gut wie nichts mehr, und leider hatte der Smoothie noch nicht geholfen. Eigentlich kein Wunder, wir waren es ja, die ihn tranken. Unseren Bäuchen ging es bestens, und auch im Kopf fühlten wir uns voller Energie.

Seit einer Woche hatten wir einen neuen Koch. Er kam aus Norwegen und hieß Bjørn. Heute stand er persönlich an der Essensausgabe und wackelte fröhlich mit den buschigen Augenbrauen.

»Bitte schøn!«, donnerte er mit tiefer Stimme, als er Hanna einen randvoll gefüllten Teller reichte.

»Takk!«, bedankte Hanna sich.

»Bare litt!«, bat ich, weil ich plötzlich wusste, was »nur ein bisschen« auf Norwegisch hieß.

»Jeg liker fisk«, verkündete Tiina, die Fisch besonders gerne mochte.

Bjørn schmunzelte erfreut. »Das sind ja grøßartige Kinder! Sprechen sogar ein bisschen Norwegisch.«

Wir fanden das geradezu selbstverständlich. Als Dank für die köstliche Suppe sangen wir Bjørn das

Lied »Alle Vögel sind schon da« vor, das wir dabei spontan ins Norwegische übersetzten. Nur Timo gelang das leider nicht, was wir seltsam fanden, schließlich war Norwegisch eine wirklich leichte Sprache.

»Du hast deinen Schülern Norwegisch beigebracht?«, fragte der Direktor erstaunt.

»Ähm, nur die Grundkenntnisse«, stammelte der Lehrer, der selbst überrascht war. »Ich finde aber, man sollte das Schulfach Norwegisch ruhig offiziell einführen.«

»Interessante Idee. Allerdings denke ich, der Lehrplan ist auch so schon voll genug. Das würde nur auf Kosten der anderen Fächer gehen.«

Der Lehrer wollte das nicht so stehen lassen. »Warte es nur ab, irgendwann wird die Zeit dafür reif sein. Genauso wie für das altindische Sanskrit, das ich meinen Schülern beibringen werde.«

»Ich kann es schon!«, unterbrach ich die beiden und lächelte. »Vande padmakarām prasanna-vadanām saubhagy-adām bhāgyadāmhastābhyām-abhayapradām mani-ganair-nānā-vidhair-bhuhitām.«

Der Lehrer, der Direktor und der neue Koch glotzten mich fassungslos an. Sie brauchten wohl etwas Hilfe.

Hanna sprang ihnen gern bei: »Das heißt in etwa: Ich verbeuge mich vor der lächelnden, Glück spendenden Göttin mit den schmuckbehangenen Lotushänden, die uns großzügig segnet und schützt.«

»Das hat Gott Shiva zu Parvati gesagt«, ergänzte Pekka.

»Na klar«, beeilte sich der Lehrer zu sagen, »jetzt fällt es mir wieder ein.«

»Ich wusste das natürlich auch«, sagte der Direktor, machte dazu aber ein eher dümmliches Gesicht.

Während der Lehrer sich über seinen schmerzenden Bauch strich, schaute der Direktor den Koch grimmig an.

»Sagen Sie, was tun Sie da eigentlich ins Essen? Wieso benehmen die Kinder sich so komisch? Das muss sofort aufhören. Bitte kochen Sie ab morgen stinknormal.« Damit verschwand er aus der Mensa und stapfte in sein Direktorenzimmer.

Seltsam, er hatte gar nichts gegessen. Uns dagegen schmeckte es hervorragend! Außerdem enthielt Lachs ja jede Menge Omega-3-Fettsäuren, die unglaublich gesund waren, wie wir alle wussten.

Bis auf Timo – dem war es nur wichtig, dass die Suppe lecker schmeckte.

Die sind unheimlich!

»Die Kinder sind irgendwie unheimlich!«, flüsterte der Lehrer ins Telefon. Er stand draußen auf dem Schulflur und sprach mit seiner Frau, die heute nicht in der Schule war.

»So ein Quatsch. Das sind doch stinknormale Schulkinder«, versuchte seine Frau ihn zu beruhigen. »Du bist einfach nur gestresst, da sieht man alles düster. Trinkst du denn immer schön deinen Gesundheitssmoothie?«

»Aber selbstverständlich!«, sagte der Lehrer.

Wir kicherten. Wir wussten natürlich, wer in Wirklichkeit den Smoothie trank. Hach, wie toll, dass wir jetzt die Telefongespräche des Lehrers belauschen konnten! Hanna hatte sich in den Nachrichtendienst der USA eingehackt, und der hörte das Handy des Lehrers ab. Was uns nicht weiter wunderte – wenn man ordentlich Wissen abzapfen wollte, war unser Lehrer genau der Richtige.

Bislang hatten wir den Lehrer immer belauscht, indem wir uns an der Garderobe hinter den Jacken versteckten. Das kam uns jetzt furchtbar kindisch und altmodisch vor. Nur Timo wollte an der alten Methode festhalten: Er hatte sich einen Wattebart angeklebt und hinter eine Jacke gestellt.

»Ein alter Trick in der Hand ist besser als ein neuer Trick auf dem Dach«, hatte er dazu gesagt.

Wir kümmerten uns nicht weiter um ihn – schließlich mussten wir das Telefonat des Lehrers belauschen und konnten das ganz gemütlich von unseren Plätzen aus tun.

»Ich glaube nicht, dass ich mich täusche«, sagte er gerade. »Irgendwas ist anders bei meinen Schülern. Ich halte es sogar für möglich, dass sie dieses Gespräch belauschen!«

»Du spinnst ja. Deine Schüler sind doch nicht der Geheimdienst der USA!«

»Ich fürchte, sie sind fast genauso schlimm. Sie wissen alles!«

»Ach komm, jetzt steigerst du dich rein. Deine Schüler können doch nichts anderes, als sich hinter den Jacken an der Garderobe zu verstecken! Und

wenn sie einen kreativen Tag haben, kleben sie sich vielleicht noch einen Wattebart an.«

»Da steht aber heute nur Timo«, seufzte der Lehrer, nachdem er anscheinend mit Adleraugen zur Garderobe gespäht hatte.

Wenig später kam Timo in die Klasse. »Verdammt, er hat mich entdeckt«, meckerte er.

Psst, Timo, wir verstehen den Lehrer sonst nicht«, mahnten wir.

»In der Mathestunde haben sie aus einer stinknormalen Aufgabe eine philosophische Frage gemacht«, jammerte der Lehrer weiter. »Und beim Essen haben sie Norwegisch und Sanskrit gesprochen.«

»Aber, Schatz, das ist doch toll!«, rief die Frau. »Das ist der Durchbruch! Genau das, worauf du immer gewartet hast. Deine harte Arbeit trägt endlich Früchte.«

»Du meinst, ich bin doch ein guter Lehrer?«

»Aber natürlich bist du das! Es hat eben eine Weile gedauert, bis deine Klasse geschaltet hat. Aber jetzt ist all das Wissen, das du ihnen vermittelst, endlich in ihren Köpfen angekommen.«

»Bist du sicher?«, fragte der Lehrer zweifelnd.

»Absolut. Woher sollte der plötzliche Leistungsanstieg denn sonst kommen? Etwa von einem Zaubertrank? Haha, nein, mein Liebling. Bei dir wird nun der Traum eines jeden Lehrers wahr.«

»Vielleicht hast du recht«, überlegte der Lehrer. »Ja, jetzt, wo du es sagst – es könnte sogar stimmen.

Da fühle ich mich ja fast wie ein Förster, der einen Wald gepflanzt hat. Nach vielen geduldigen Jahren sieht er seine kleinen Bäumchen endlich groß werden.« Die Stimme unseres Lehrers klang richtig ergriffen. »Du, ich glaube, meinem Bauch geht es gleich ein bisschen besser.«

»Das allerdings liegt an meinem tollen Smoothie-Rezept«, sagte die Frau des Lehrers zufrieden. »Ach, Schatz, ich bin wirklich froh, dass deine Klasse endlich auf Touren kommt. Du hast das so verdient. Du bist einfach ein großartiger Lehrer. Und zu Recht so beliebt bei deinen Schülern.«

Dann hörten wir einen komischen, schmatzenden Knall.

»Igitt, ein Kuss!«, riefen die Jungs angewidert.

»Jaa, ein Kuss!«, jubelten wir Mädchen.

»Hoffentlich haben die beiden schon die neue Grippeimpfung bekommen«, sagte Pekka besorgt.

Dass man sich über das Telefon nicht anstecken konnte, hatte er in diesem Moment wohl nicht bedacht.

Der ist genau wie ich!

Nach dem Essen machten wir einen Ausflug in die Bibliothek. Wir marschierten in einer Schlange durch den Eingang und stellten uns um einen Baum aus Metall, von dessen Ästen Bücher hingen.

»Dieses Kunstwerk heißt Baum der Weisheit«, erklärte uns die Bibliothekarin, die uns durch das Gebäude führen würde. Sie trug eine Brille mit dicken Gläsern und redete leise und monoton.

»Toll!«, rief der Lehrer erfreut. »Das passt ja genau zu mir.«

»Inwiefern?«, fragte die Bibliothekarin und sah den Lehrer streng an.

»Ich bin auch ein Baum der Weisheit. Meine Früchte sind diese klugen Kinderköpfe hier.« Der Lehrer schien mächtig stolz auf uns zu sein.

»Soso, wenn Sie meinen … Aber passen Sie bitte auf, dass Ihre Kinder schön ruhig bleiben. Und Prahlerei ist bei uns eigentlich auch nicht üblich.«

»Keine Sorge, wir werden uns gut benehmen«, versicherte der Lehrer.

»Das hoffe ich. Kinder haben heutzutage oft keine Ahnung mehr, was das heißt.«

»Oh, da schätzen Sie meine Schüler falsch ein. Diese Kinder haben von ganz vielen Dingen eine Ahnung, warten Sie es ab«, prophezeite der Lehrer und prahlte schon wieder ein bisschen.

Die Bibliothekarin führte uns durchs Haus. Wir gingen durch die Musikabteilung, den Zeitschriftenraum und in den Kinderbereich, wo sie vor dem Regal mit den Bilderbüchern stehen blieb.

»Hier findet ihr bestimmt was Passendes«, sagte sie und hielt ein Buch ohne Schrift hoch.

»Wir können aber längst lesen«, warf ich ein.

»Genau, sogar fließend!«, protestierte Hanna.

»Jaja, ein paar Wörter hier und da, das ist ein guter Anfang. Irgendwann schafft ihr dann auch ein ganzes Buch.«

»Hallo? Das können wir längst! Bilderbücher haben wir nicht mehr nötig«, rief ich.

»Das sagen sie alle. Keiner will mehr lesen, alle wollen nur noch Computer spielen.« Die Bibliothekarin sah jetzt traurig aus. »Aber wer nicht liest, der lernt auch nichts. Und der weiß am Ende auch nichts. Euer Gehirn ist dann auch nicht schlauer als eine Schüssel Haferbrei.«

»Mir machen Sie keine Angst. Ich weiß sowieso schon alles«, sagte Pekka.

»Und ich hasse Haferbrei«, sagte der Rambo. »Außerdem will ich gar nicht alles wissen. Komischerweise weiß ich trotzdem längst alles.«

»Du liebe Güte, ihr haltet ja eine Menge von euch. Dann sagt mir doch bitte mal, welcher Buchstabe im Alphabet nach dem A kommt.« Sie zwinkerte dem Lehrer spöttisch zu. »Na, kann mir jemand von euch eine Antwort geben?«

Das konnten wir leider nicht. Uns war nicht klar, welches Alphabet die Bibliothekarin meinte: das arabische, das armenische, das georgische, das hebräische oder das lateinische. Wer so blöd fragte, konnte auch keine Antwort erwarten.

»Hab ich es mir doch gedacht. Keinen Durchblick und dumm wie Gummistiefel.« Kopfschüttelnd sah sie den Lehrer an. »Und Sie halten sich für einen Baum der Weisheit? In Wirklichkeit wird den armen Kindern doch gar nichts mehr beigebracht. Schule soll nur noch Spaß machen. Kein Wunder, dass sie nichts mehr können.«

»Oh, die können eine ganze Menge. Sie sprechen

fließend Norwegisch und sogar Sanskrit!«, versuchte der Lehrer uns zu verteidigen.

Doch die Bibliothekarin war so empört, dass sie gar nicht hinhörte.

»Wahrscheinlich wisst ihr nicht einmal, dass Wasser nass ist«, sagte sie und glotzte vorwurfsvoll in die Runde.

Wir mussten aufpassen, nicht zu laut zu kichern. Was für eine dumme Bemerkung! Es war doch sonnenklar, dass Wasser auch fest und gasförmig sein konnte – als Eis und als Dampf.

»Und dass die Erde rund ist, habt ihr wohl auch noch nie gehört«, meckerte sie weiter.

Jetzt schwiegen wir einfach. Jedes Kind wusste doch, dass die Erde eben nicht ganz rund war: am Nordpol und Südpol war sie deutlich abgeflacht.

»Ich denke, wir sind fertig mit unserer Runde«, sagte die Bibliothekarin müde. »Hoffentlich ist ein bisschen was bei euch hängen geblieben.«

Na klar! Wir hatten uns zum Beispiel gemerkt, dass es in der Bibliothek 154 567 Bücher gab. Nach unseren Berechnungen mussten sie zusammen ungefähr 15 456 700 Seiten haben.

Was genau ist noch mal Wald?

Abends bat Mama mich, unseren Besteckkasten zu sortieren und die Bestecke zu zählen. Sie wollte wissen, ob wir für ein großes Essen am Wochenende genug Messer und Gabeln hatten. Ich zählte alles dreimal durch, kam aber immer auf ein anderes Ergebnis.

Papa fragte mich, ob ich ihm beim Büchersortieren helfen könnte. Er hatte das große Regal ausgeräumt und alle Bücher gründlich abgestaubt. Jetzt sollten sie dem Alphabet nach einsortiert werden. Ich fand das wirklich schwierig, denn ich wusste nicht, ob die Schriftsteller mit P vor denen mit O kamen oder andersherum. Auch die, die mit W anfingen, machten mir Probleme.

Gleichzeitig wunderte ich mich über mich selbst. In der Schule hatte ich spontan auf Norwegisch gesungen, und jetzt wusste ich nicht mal mehr die Reihenfolge der Buchstaben im Alphabet.

Als ich das am nächsten Tag meinen Freunden erzählte, erfuhr ich, dass es ihnen genauso gegangen war. Hanna hatte nicht mehr gewusst, wie man den Computer einschaltete. Tiina hatte den Dialogen ihrer Lieblingsfernsehserie nicht mehr folgen können. Mika war nicht mehr eingefallen, wer der Gegner von Batman war. Und der Rambo hatte plötzlich nicht gewusst, wem er eine reinhauen konnte. Und Pekka? Der hatte sich seine Schlittschuhe falsch herum angezogen. Wir fanden das zwar nicht ungewöhnlich, aber er schwor, dass ihm so was noch nie passiert war. Der Einzige, der sich ganz normal fühlte, war Timo.

»Leute, das kommt doch alles von diesem Getränk«, verkündete er. Timo hatte meistens recht, denn er war nun mal ein Genie. In den letzten Tagen hatten wir uns allerdings viel schlauer gefunden und ihn irgendwie naiv.

»Ähm, von welchem Getränk noch mal?«, fragte Tiina.

»Von dem Smoothie, den der Lehrer immer dabeihat. Immer, wenn ihr den trinkt, werdet ihr ganz komisch.«

»Aber du trinkst ihn doch auch«, sagte ich und war etwas beleidigt. Ich fand es doof, dass er uns komisch genannt hatte.

»Darüber habe ich auch schon nachgedacht. Die Erklärung ist folgende: Auf mich hat der Smoothie keine Wirkung, weil ich sowieso schon schlau bin. Aber euch verpasst er einen Intelligenzschub. Bei mir gibt es eben nichts mehr zu verbessern. Deshalb ist es für mich egal, ob ich den Smoothie trinke oder nicht.«

Tiina verdrehte genervt die Augen. »So ein eingebildeter Quatsch! Du hast doch selbst gehört, was passiert ist: Der Unterricht des Lehrers trägt endlich Früchte.«

»Genau, Timo«, sagte Pekka. »Wir sind die Früchte am Baum der Weisheit.«

»Vielleicht sind wir heute aber etwas matschig«, gab Mika zu.

»Ich fühle mich eher wie ein holziger Tannenzapfen«, murmelte Hanna.

»Oh, dann reden wir jetzt also nicht mehr über eine Obstwiese, sondern über einen Nadelwald«, merkte Timo an.

»Was genau ist noch mal Wald?«, fragte Pekka, der einen sehr schwachen Moment hatte.

»Ich jage euch gleich alle die Bäume hoch!«, knurrte der Rambo und ballte die Fäuste.

»Freunde, ich meine es ernst«, sagte Timo. »Ihr solltet aufhören, diesen Smoothie zu trinken. Der bringt euch völlig durcheinander.«

»Pah!«, riefen wir. »Was ein Blödsinn.«

Welche Zutaten sind da drin?

Und wieder stand der Smoothie auf dem Tisch. Der Lehrer lächelte. Zufrieden goss er den dicken gelben Saft in die kleinen Becher. Dabei pfiff er leise vor sich hin. Es war die Melodie von »Alle Vögel sind schon da«.

»Meine Schüler sind nicht nur schlau, meine Schüler haben auch einen sehr gesunden Magen«, murmelte der Lehrer und stellte die Becher vor uns hin.

Timo starrte uns eindringlich an und schüttelte warnend den Kopf. Ich wurde unsicher und sah zu den anderen. Doch Tiina verzog verächtlich die Lippen. Mika und der Rambo schlugen betont lässig die Fäuste aneinander. Hanna setzte sich kerzengerade hin und griff entschlossen nach ihrem Becher. Und Pekka hatte seine Portion bereits ausgetrunken. Schnell machten wir es ihm nach und sahen herausfordernd zu Timo.

»Wirklich lecker, man gewöhnt sich langsam dran«, sagte Hanna zum Lehrer.

»Das freut mich. Es ist noch jede Menge da, die Kur geht also weiter«, antwortete der Lehrer.

»Welche Zutaten waren da noch mal drin?«, fragte Tiina mit einem frechen Seitenblick zu Timo.

»Jede Menge gesunde Sachen«, sagte der Lehrer, »Preiselbeeren, Leinsamen, Haferflocken, Kleie und Wunderbeeren«, fuhr er fort, »und bestimmt noch ein paar andere feine Sachen, die ich jetzt vergessen habe.«

»Wunderbeeren?«, hakte ich nach.

»Interessanter Name, nicht wahr? Die haben natürlich noch eine andere Bezeichnung«, sagte der Lehrer. »Aber meistens werden sie Wunderbeeren genannt. Sie verwandeln sauren Geschmack in süßen.«

»Synsepalum dulcificum«, merkte Timo an, »so heißt die Beere auf Lateinisch.«

»Donnerwetter. Habe ich euch das etwa auch beigebracht?«, fragte der Lehrer verwirrt.

»Scheint so«, sagte ich. »Die Beeren verwandeln eine Sache also immer in ihr Gegenteil?«

»Nicht ganz«, sagte der Lehrer. »Andersherum funktioniert es nicht, süß kann nicht in sauer verwandelt werden. Es wirkt also nur in eine Richtung.«

»Weiß man, was für eine Wirkung die Beeren auf Kinder haben?«, fragte Hanna. »Werden Kinder, die zum Beispiel sauer und wütend sind, plötzlich süß und lieb?«

»Ganz bestimmt nicht. Die Wirkung beschränkt sich allein auf den Geschmack«, sagte der Lehrer.

Wir sahen zu Timo, der betont langsam seinen Smoothie trank.

Den Rest der Stunde diskutierten wir über Astrophysik, sagten lateinische Gedichte auf und brachten dem Lehrer und Timo die Grundlagen der Quantenfeldtheorie bei. Am Ende bastelten wir noch schnell ein paar Wichtel aus Klopapierrollen, weil der Lehrer das ursprünglich so geplant hatte. Wir fanden das zwar kindisch, aber wenn es unseren Lehrer zufriedenstellte, wieso nicht?

»Das ist ein ganz wunderbarer Traum«, murmelte der Lehrer.

»Hoppla, lieber Kollege, schläfst du etwa,

während du unterrichtest?«, fragte der Direktor, der unauffällig in den Klassenraum gekommen war.

»Schlafen? Ganz im Gegenteil!«, protestierte der Lehrer. »Ich fühle mich so wach wie nie zuvor. Wie nach einer wunderbar erholsamen Nacht! Mir fallen immer neue Dinge ein, die ich mit diesen intelligenten Kindern machen möchte. Wir könnten noch heute in die siebte Klasse wechseln!«

»Du glaubst, deine Schüler sind so weit wie Siebtklässler?«, fragte der Direktor skeptisch. »Pass mal auf, dass du sie nicht gleich zu Abiturienten erklärst!« Er lachte trocken.

»Ehrlich gesagt, habe ich gerade darüber nachgedacht. Aber für so einen großen Sprung können wir uns gern noch eine Woche Zeit lassen«, sagte der Lehrer und wollte wohl bescheiden sein.

»Lieber Kollege, jetzt drehst du wohl ein wenig durch«, mahnte der Direktor unseren Lehrer.

»Überhaupt nicht, ich sehe das ganz realistisch. Mit meinen Unterrichtsmethoden führe ich die Kinder in nur wenigen Monaten zum Abitur. Überleg doch mal, wie genial das ist – Siebenjährige, die die Universität besuchen! Und Neunjährige, die ins Berufsleben einsteigen! Das erspart uns jahrelange Mühe und bringt neuen Schwung ins Land.«

»Kollege, auch wenn du schon lange an unserer Schule unterrichtest – ich fürchte, ich muss einen kleinen Test mit dir durchführen.«

»Einen Intelligenztest? Oder Sportlichkeitstest?«, fragte der Lehrer unsicher.

»Einen zu deinen Unterrichtsmethoden. Morgen unterrichtest du bitte die Klasse 5 Ö. Und dann schauen wir mal, was mit denen passiert.«

»Oh Gott. Die 5 Ö? Das ist doch ...« Der Lehrer verstummte vor Schreck.

Der Direktor nickte und lachte. »Genau.«

Oje. Der arme Lehrer. Die 5 Ö war eine richtige Horrorklasse. Die glaubten noch immer, dass Babys vom Storch gebracht wurden und die Weihnachtsgeschenke vom Weihnachtsmann.

Haha. Wir wussten natürlich längst, dass Babys viel zu schwer waren für den Schnabel eines Storchs und dass der Weihnachtsmann jede Menge Wichtel zu Hilfe hatte.

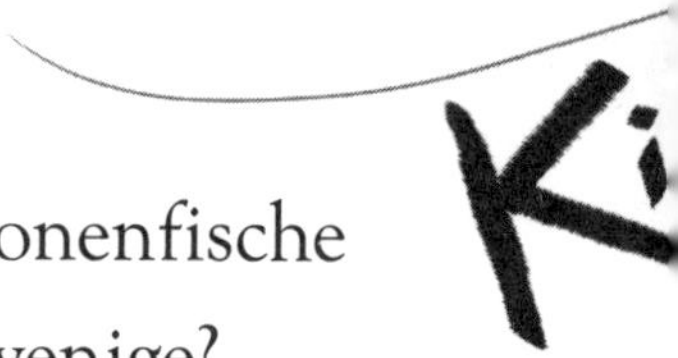

Die heißen Millionenfische und sind so wenige?

Der Lehrer saß tief in der Patsche. Er würde morgen beweisen müssen, dass er fantastisch unterrichtete, und bekam für diesen Test die schlimmste aller Klassen vorgesetzt – die 5 Ö. Diese Horrorklasse hatte schon viele Lehrer zur Verzweiflung gebracht. Einer war mitten in der Englischstunde auf den Schulhof gerannt, hatte sich die Kleider vom Leib gerissen und war auf die Fahnenstange geklettert, bis nach ganz oben. Von dort hatte er herabgekräht wie ein Hahn und erst wieder damit aufgehört, als die Feuerwehr ihn runterholte. Auch der Tierschutz war schon angerückt, hatte aber rechtzeitig gemerkt, dass es sich um einen Mann und keinen Gockel handelte.

»Es wird schlimm ausgehen für den Lehrer«, sagte ich voller Sorge.

»Er läuft geradewegs ins Verderben«, befürchtete Hanna.

»Na ja, wir können das verhindern, indem wir …«, begann Pekka.

Gespannt sahen wir ihn an. Pekka machte ein konzentriertes Gesicht und dachte scharf nach. So sah er wirklich nur ganz selten aus! Pekka war ja mehr der praktische Typ, aber jetzt lief sein Gehirn auf Hochtouren.

»Indem wir was?«, fragte ich nach einer Minute. Ich hielt es einfach nicht mehr aus vor Spannung. Außerdem wurde mir kalt, denn wir saßen in unserem Versammlungsbus, und der hatte weder eine Heizung noch Fensterscheiben.

»Ich komme leider nicht mehr drauf, Leute. Es war eine super Idee, aber jetzt ist sie weg«, sagte Pekka.

Wir verstanden ihn bestens. Auch wir merkten, dass unsere Intelligenz wieder absackte. Vielleicht hatte Timo recht mit seiner Erklärung. Wahrscheinlich waren unsere Körper inzwischen an den Smoothie gewöhnt und hätten größere Portionen gebraucht, damit er wie gewohnt wirkte. Zum Glück war Timos Intelligenz nicht auf den Smoothie angewiesen. Er war und blieb unser Klassengenie.

»Timo, du musst dir unbedingt was einfallen lassen. Sonst geht es schlecht aus für den Lehrer.«

»Kein Problem«, sagte Timo zufrieden, »im Gegensatz zu euch habe ich zum Glück die volle Anzahl von Tassen im Schrank. Oder auch alle Fische im Aquarium.«

»Ich habe auch alle Fische im Aquarium«, protestierte ich, »fünf Tetras und zwei Millionenfische.«

»Wieso heißen die Millionenfische, wenn es nur so wenige sind?«, wunderte sich Pekka.

»Vielleicht heißen sie Millionenfische, weil sie reich sind?«, überlegte Tiina.

»Können wir bitte das Thema wechseln? Ich habe nämlich kein Aquarium«, schmollte Mika beleidigt.

»Guter Vorschlag«, unterstützte ihn Timo, »es geht schließlich um den Lehrer und wie wir seinen Ruf retten können. Und zum Glück habe ich da einen ausgezeichneten Plan.«

»Und welchen?«, fragte Tiina.

Dann erklärte uns Timo alles. Der Plan war wirklich genial.

Am nächsten Morgen saßen wir brav auf unseren Plätzen und warteten auf den Lehrer. Pünktlich mit dem Klingeln kam er rein und teilte als Erstes seinen Smoothie unter uns auf.

»Schön runter damit. Ich schreibe euch noch schnell ein paar Aufgaben an die Tafel, dann habt ihr was zu tun, während ich in der 5 Ö bin.«

Wir sahen den Lehrer freundlich an, tranken aber nicht.

»Ich weiß, ich weiß, die Pampe schmeckt nicht besonders, aber sie ist nun mal wirklich gesund. Hopp, hopp, jetzt trinkt mal, Kinder.«

Okay. Wir gossen uns den gelben Schleim in den Mund, schluckten ihn aber nicht runter – was der Lehrer nicht bemerkte.

»So ist es brav.«

Er drehte sich zur Tafel und kritzelte vier Aufgaben hin. Dann schnappte er seinen Koffer und verschwand aus dem Zimmer. Timo zog einen Gefrierbeutel aus seiner Hosentasche und spuckte seine Smoothie-Portion hinein. Er ging einmal durch die Reihen und ließ uns alle nacheinander in den Beutel spucken. Am Ende war die Tüte randvoll.

»Perfekt«, sagte Timo. »Jetzt müssen wir das nur in die 5 Ö bringen und es ihnen zu trinken geben.«

Das war der schwierigere Teil des Plans, aber mit Timo an unserer Seite würde es schon klappen. Doch erst schauten wir uns die Aufgaben an, die der Lehrer uns gestellt hatte. Vielleicht würden wir die vorher noch schaffen? Leider waren sie unglaublich schwierig:

1. Nenne sämtliche Einzelteile eines Raketenmotors.
2. Vergleiche alle antiken Philosophen miteinander.
3. Widerlege die Relativitätstheorie.
4. Wenn du noch Zeit hast, dann beschreibe, was du in den letzten Sommerferien gemacht hast. Auf Chinesisch.

»Das packe ich nicht ohne den Smoothie«, stöhnte Pekka.

Das verstanden wir nur zu gut!

Sehnsüchtig starrten wir zu dem Plastikbeutel auf Timos Tisch.

Dummerweise ist er nicht so schlau wie wir

Wir beschlossen, nicht länger zu warten. Ohne den Intelligenztrunk würden wir die Aufgaben sowieso nie schaffen. Selbst für Timo waren sie zu schwierig. Also konnten wir auch gleich in die 5 Ö schleichen und gucken, wie der Lehrer zurechtkam. Weil Hanna ihn ohne den Smoothie nicht mehr mit dem Telefon abhören konnte – und er ja vermutlich auch nicht telefonierte –, mussten wir unseren alten Trick anwenden: Wir verkleideten uns. Allerdings war die Watte etwas knapp. Statt langer Bärte klebten wir uns also buschige Augenbrauen an, das machte uns zu klugen Professoren. Bei Pekka reichte es nur noch für eine Augenbraue – er klebte sie sich mitten auf die Stirn. Darunter malte er ein großes Auge.

»Wenn ich meine Augen zumache, sieht man nur noch das aufgemalte Auge. Ich bin ein einäugiges

Ungeheuer, ein Zyklop!«, freute sich Pekka. »Da kommt keiner mehr auf die Idee, dass ich ein ganz normaler Junge bin.«

Auf die Idee würde man bei Pekka auch sonst nicht kommen.

Mucksmäuschenstill schlichen wir auf den Flur und rüber zur 5 Ö. Die Tür zum Klassenzimmer stand ein kleines Stück offen. Drinnen herrschte Totenstille. Beunruhigt spähten wir durch den Spalt. Hoffentlich war alles in Ordnung! Oder war unser Lehrer etwa schon aus Verzweiflung in die Turnhalle gerannt, das lange Seil hochgeklettert und sang »Alle Vögel sind schon da«?

Puh, ein Glück. Er stand ganz normal vorne am Tisch. Zwar war er etwas blass, aber längst nicht so blass wie die Schüler der 5 Ö. Die sahen nämlich aus wie Geister. Ein paar hatten den Kopf auf den Tisch gelegt und dösten. Einem Mädchen lief Spucke aus dem Mund. Ein Junge hing schlaff auf dem Stuhl und drückte mit letzter Kraft auf einem Handy herum.

»Ihr schlaft zu wenig und spielt zu viel Computer«, stellte der Lehrer fest. »Da hilft nur Singen.

Musik bringt Schwung ins Leben und weckt müde Geister auf!«

Er sang los. Aus der 5 Ö machte niemand mit. Sie reagierten überhaupt nicht auf den Lehrer, der »Alle Vögel sind schon da« sang. Zwei Schüler legten den Kopf auf den Tisch und schliefen ein. Nach und nach sanken immer mehr Kinder mit der Stirn auf den Tisch und schlummerten.

»Ähm, ein Buch kann genauso spannend sein wie ein Computerspiel«, rief der Lehrer und kramte ein Buch aus seinem Koffer, »wusstet ihr das?«

Anscheinend nicht. Niemand meldete sich. Vielleicht war die Frage des Lehrers untergegangen in dem leisen Schnarchen. Jetzt schienen tatsächlich alle tief zu schlafen.

Mist! Ausgerechnet in diesem Moment hörten wir von irgendwoher die Schritte des Direktors, den man immer am Quietschen seiner Ledersohlen erkannte. Besonders die linke war sehr laut. Er wollte wahrscheinlich nachschauen, wie der Unterricht des Lehrers lief.

»Wir müssen sofort aktiv werden«, flüsterte Timo und schlich in den Klassenraum, wir hinterher.

Der Lehrer hatte angefangen vorzulesen – das Buch handelte von einem Mädchen namens Matilda, das von klein auf viel gelesen hatte und deshalb superschlau war.

Zum Glück hatte auch Timo immer viel gelesen und wusste jetzt genau, was zu tun war.

Während unser Lehrer sich aufs Vorlesen konzentrierte, gingen wir blitzschnell durch die Reihen der 5 Ö und flößten den Kindern den Smoothie ein: Ich zog ihre Köpfe vorsichtig an den Haaren hoch und hielt ihnen die Nase zu. Sobald der Mund sich zum Atmen öffnete, goss Timo einen Schluck Smoothie hinein. Ein paar der Kinder mussten husten, aber insgesamt klappte es

erstaunlich gut. Unser Lehrer blieb in das Matilda-Buch vertieft.

Fehlten nur noch zwei Schüler, ein Junge und ein Mädchen. Doch da trat der Direktor ein. Timo und ich bückten und versteckten uns hinter den beiden. Die anderen standen hilflos herum.

»Ihr seid ja gar nicht in eurem Klassenzimmer«, tadelte der Direktor, als er Hanna, Tiina, Mika, Pekka und den Rambo sah.

»Wir machen einen Klassenausflug«, sagte Hanna schnell. »Wir wollten uns ein abschreckendes Beispiel ansehen. Damit unsere Klasse nie so wird wie die 5 Ö.«

»Außerdem sind wir gar nicht wir. Wir sind schlaue Professoren mit buschigen Augenbrauen!«, rief Tiina.

»Und wieso hat der Junge da nur eine Augenbraue, und zwar mitten auf der Stirn?«, wollte der Direktor wissen.

»Er ist eben dummerweise nicht so schlau wie wir«, erklärte Hanna.

»Pah, ich bin viel toller, nämlich ein Zyklop und kein Professor«, rief Pekka.

»Und ich bin auch kein Professor, sondern Batman. Aber ein alter Batman mit weißen Augenbrauen«, erklärte Mika.

»Und ich bin eine kluge alte Hexe!«, rief Hanna.

»Soso, ihr Professoren, Zyklopen, Batmans und Hexen. Ich würde sagen, euer Ausflug ist beendet. Schnell zurück in euer Klassenzimmer!«, donnerte der Direktor. »So was aber auch. Da wird der gute Kollege seine großen Hoffnungen aber gleich wieder runterschrauben müssen.«

Und damit ging er auf den Lehrer zu, der so vertieft war in sein Buch, dass er den Direktor noch gar nicht bemerkt hatte.

187 888

»Na, Kollege? Hast du die 5 Ö etwa in einen Dornröschenschlaf versetzt?«, fragte der Direktor den Lehrer.

Erst jetzt schaute der Lehrer von seinem Buch hoch. »Huch, der Herr Direktor«, sagte er verdattert, »ich habe dich gar nicht kommen hören.«

»Du liest der Klasse also einfach nur vor?«, fragte der Direktor skeptisch.

Der Lehrer räusperte sich. »Literatur ist das Beste, was man diesen jungen Menschen geben kann. Sie wirkt Wunder und ist ein wahres Elixier fürs Gehirn.«

»Soso«, sagte der Direktor und musterte die 5 Ö, die nun langsam zu sich kam. Der Smoothie schien zu wirken. »Dann werde ich mal schauen, was die Gehirne der 5 Ö so alles können. Ich darf gleich loslegen?«

»Ähm, ich denke, dafür ist es noch etwas früh.

Meine Methoden brauchen eine gewisse Zeit, ehe sie wirken«, versuchte der Lehrer den Direktor zu stoppen, doch den stoppte jetzt nichts mehr.

»Du da vorne«, sagte er und zeigte auf den Jungen mit dem Handy. »Nenne die bekanntesten Wintervögel.«

Der Junge wischte sich einen Tropfen Smoothie aus dem Mundwinkel und wischte dann nervös auf seinem Handy herum – er wollte wohl versuchen, den Direktor zum Verschwinden zu bringen. Das klappte natürlich nicht.

»Ich sage es doch: Mein Unterricht braucht länger, bis er wirkt«, stammelte der Lehrer.

Plötzlich legte der Junge das Handy beiseite, richtete sich auf und sagte: »Amsel, Drossel, Meise, Rotkehlchen, Fink.«

Dem Lehrer und dem Direktor fiel die Kinnlade runter. Der Junge lächelte fröhlich und hatte plötzlich fast so rote Bäckchen wie ein Rotkehlchen.

»Ach komm, das habt ihr doch geübt«, brummte der Direktor schließlich, »ihr habt geahnt, dass ich das fragen würde.«

Der Lehrer wollte protestieren, doch dazu kam

er nicht, denn der Direktor zeigte auf ein Mädchen in einem schwarzen Kapuzenpulli, das unsicher auf den Kapuzenbändern kaute.

»Du da hinten!«, bellte er. »Komm an die Tafel und mal Finnland und seine wichtigsten Seen.«

Das Mädchen spuckte erschrocken die Kapuzenbänder aus und trottete zur Tafel. Dort richtete es sich auf und malte die Umrisse von Finnland erstaunlich genau auf, auch die wichtigsten Seen konnte es einzeichnen. Doch damit war es längst nicht fertig! Es machte weiter und weiter, selbst die kleinsten Seen zeichnete es ein.

»Moment mal«, stutzte der Direktor, »was soll das?«

»Ich will versuchen, wirklich alle Seen einzuzeichnen«, antwortete das Mädchen konzentriert.

»Das ist doch gar nicht möglich«, widersprach der Direktor, »es weiß doch keiner, wie viele es genau sind.«

»Oh doch«, sagte das Mädchen und zeichnete ruhig weiter, »es sind genau 187 888. Und jeder See hat seinen eigenen Platz.«

Der Direktor schluckte und sah zum Lehrer.

Der sagte mit triumphierender Stimme »Tja!« und grinste.

Das konnte der Direktor nicht hinnehmen. »Das habt ihr doch alles vorher geplant!«, protestierte er. »Aber so leicht lasse ich mich nicht reinlegen.« Er stellte jetzt jede Menge neue Aufgaben, auf die sich die 5 Ö fröhlich stürzte. Eine Gruppe spielte fehlerlos Johann-Sebastian-Bach-Stücke auf der Blockflöte, eine andere sagte Shakespeares Sonette auf Englisch auf, eine dritte diskutierte über den Sinn des Lebens.

Der Direktor staunte. Da musste doch irgendwo ein Haken sein!

»Moment mal, und was ist mit den beiden Schlafmützen da hinten?«, fragte er. Timo und ich duckten uns tiefer.

»Was soll mit denen sein?«, fragte der Lehrer und wurde wieder nervös. Das hörten wir an seiner Stimme.

»Die schlafen doch mitten im Unterricht!«, schimpfte der Direktor.

»Das sieht nur so aus. Sie sind tief konzentriert«, behauptete der Lehrer. »Gleich werden sie aktiv.«

Ich bekam furchtbare Angst. Ohne den Wundersmoothie würden der Junge und das Mädchen nie im Leben aktiv werden! Und auch wir hatten ja keinen Tropfen davon getrunken. Wie sollten wir nur aus dieser Situation rauskommen? Hoffentlich hatte Timo einen Plan.

»Was ist das größte Säugetier?«, fragte der Direktor und zeigte auf das Mädchen mit den Locken, hinter dem Timo saß.

»Das ist der Wal«, antwortete Timo hinter dem Mädchen hervor. Super!

»Ist ja erstaunlich. Das ist richtig«, musste der Direktor zugeben. »Allerdings hat das Mädchen eine echte Jungenstimme, oder?«

»Das ist die neue Stufe der Gleichberechtigung«, beeilte sich der Lehrer zu sagen, »heute können auch Mädchen in den Stimmbruch kommen.«

»Wusste ich noch gar nicht«, brummte der Direktor. »Okay, letzte Aufgabe. Die geht an dich!« Er zeigte auf den Jungen. Jetzt war also ich an der Reihe. »Sing ein typisches Wanderlied!«

Oh nein! Mir fiel kein einziges ein. Der Junge vor mir schlief immer noch tief und fest. Ich dagegen war vor Panik hellwach. Mit einer Hand zog ich den Kopf des Jungen an den Haaren nach oben, damit er wacher aussah; die andere Hand schob ich unter seiner Achsel hindurch und trommelte auf die Tischplatte. Dazu sang ich »Alle Vögel sind schon da«, das einzige Lied, das mir in den Sinn kam.

»Das soll ein Wanderlied sein?«, fragte der Direktor, als ich fertig war.

»Warum nicht? Es handelt vom Frühling in der freien Natur, und Vögel kann man beim Wandern ja besonders gut beobachten.«

»Hm, na gut. Aber der Junge hat irgendwie eine Mädchenstimme, kann das sein?«

»Er ist Countertenor«, sagte der Lehrer. Das waren wohl besonders hoch singende Männerstimmen.

»Ein Countertenor, der mit geschlossenen Augen singt?«, fragte der Direktor.

»Er singt immer mit geschlossenen Augen. Er ist ein echter Künstler«, sagte der Lehrer.

»Aha. Und wieso sieht es so aus, als hätte er drei Hände?«

»Als Künstler hat er in praktischen Dingen natürlich zwei linke Hände. Deshalb braucht er noch eine dritte. Sonst kommt man in der heutigen Leistungsgesellschaft nicht klar. Bei dem hohen Druck überall.«

Der Direktor kratzte sich am Kopf. »Und wieso bewegt der beim Singen gar nicht die Lippen?«

»Er ist Bauchredner und Bauchsänger. Wie wir wissen, hat jedes Kind ein Talent, und dieser Junge hat eben ein ganz besonderes. Man braucht nur den richtigen Lehrer, der es zum Blühen bringt. Zum Glück habe ich dafür die richtigen Methoden.«

Jetzt fiel dem Direktor nichts mehr ein. Ohne ein weiteres Wort stapfte er aus der Klasse. Nur schnaufen tat er böse.

Und seine linke Sohle, die quietschte extralaut.

Unser Lehrer ist glücklich

Der Lehrer strahlte. Er stand mitten im Speisesaal und machte jedem Komplimente.

»Dieser norwegische Fischeintopf ist zu köstlich!«, lobte er den neuen Koch.

»Und du hast eine tolle Klasse!«, sagte er zu seiner Frau.

»Und ihr seid einfach wundervoll«, sagte er zu uns und grinste von einem Ohr zum anderen.

»Und ich selbst?«, fuhr er fort. »Ich bin ein außergewöhnlich guter Lehrer.«

Er gab seiner Frau einen Kuss. Und danach gab er sogar dem Direktor einen Kuss, der zufällig genau neben der Frau des Lehrers stand.

»Unser Lehrer platzt fast vor Glück«, stellte Hanna fest.

»Ich verstehe gar nicht, warum«, rätselte Pekka.

»Weil wir so intelligent sind«, erklärte ich.

»Bin ich das denn?«, wunderte sich Pekka.

»Also, ich bin es«, sagte Mika, »ich kann schon ganz alleine meine Schnürsenkel binden.«

»Aber deine Schuhe haben gar keine Schnürsenkel«, stellte Tiina fest.

»Wenn sie welche hätten, könnte ich es«, behauptete Mika.

»Ich finde, wir sollten dem Lehrer sagen, dass alles nur von dem Smoothie kommt«, sagte ich.

»Das finde ich auch«, stimmte Timo zu, »sonst passiert noch was Schlimmes.« Er blickte ernst.

»Aber dann ist garantiert Schluss mit dem Smoothie, und wir sind wieder stinknormale Schüler«, gab Hanna zu bedenken.

»Und der Lehrer ist wieder gestresst. Dann bleiben wir für immer und ewig in der zweieinhalbten Klasse«, fuhr Tiina fort.

»Wenn ich wieder stinknormal sein muss, haue ich alle in den Mixer!«, knurrte der Rambo.

»Aber wenn ihr mit dem Smoothie weitermacht«, warf Timo ein, »dann werdet ihr am Ende immer dümmer. Ist euch denn nicht aufgefallen, dass ihr selbst die einfachsten Dinge nicht mehr wisst, sobald die Wirkung nachlässt?«

Nein, das war uns nicht aufgefallen. Bestimmt war Timo nur wieder neidisch, dass der Wundersaft bei ihm keine Wirkung zeigte. Also beschlossen wir, erst einmal weiterzumachen wie bisher. So schlimm war es nun auch wieder nicht, wenn der Lehrer glaubte, dass er der Grund für unsere Klugheit war. Das hofften wir jedenfalls.

Am Nachmittag beobachteten wir, wie der Lehrer seine Hände über die Grünpflanze hielt, die vor dem Zimmer des Direktors stand.

»Was machst du da?«, fragte der Direktor verdutzt.

»Pssst«, machte der Lehrer. »Das ist ein Test. Los, halte deine Hände auch mal über die Pflanze.«

Der Direktor gehorchte. Nachdem die beiden eine Weile ihre Hände über die Pflanze gehalten hatten, fragte der Direktor: »Darf ich fragen, wozu das gut sein soll?«

»Ich lasse mein Wissen in die Pflanze fließen. Und du hilfst mir dabei«, erklärte der Lehrer.

»Aha. Was soll das bringen?«

»Dann hast du eine superintelligente Pflanze vor deinem Zimmer stehen.«

»Und was bringt das?«, fragt der Direktor weiter.

»Das weiß ich auch noch nicht. Wie gesagt, es ist ein Test«, betonte der Lehrer. »Wenn man nie was ausprobiert, können keine neuen Dinge entstehen.«

»Und wieso muss ich die ganze Zeit meine Hände hochhalten?«, fragte der Direktor.

»Weil ich gehofft hatte, dass du keine Fragen stellst, wenn du was zu tun hast«, sagte der Lehrer.

Der Direktor nahm seine Arme wieder runter.

Der Lehrer ließ sich davon nicht entmutigen.

»Ich bin sicher, es hat schon was gebracht. Siehst du es auch?«, fragte er den Direktor.

»Was soll ich sehen?«

»Dass die Pflanze viel intelligenter wirkt.«

»Ich sehe keinen Unterschied«, brummte der Direktor.

»Macht nichts«, tröstete der Lehrer. »Es können nicht alle eine sensible Wahrnehmung haben.«

Der Lehrer musterte den Direktor kritisch und legte ihm spontan die Hand auf die Stirn. Nach ein paar Sekunden sagte er: »Nein, das können wirklich nicht alle«, und nahm seine Hand wieder runter.

Der Direktor musterte seine Grünpflanze von oben bis unten, schüttelte den Kopf und verschwand mit einem Seufzen in seinem Zimmer.

Jetzt müssen wir die Wahrheit sagen!

Die nächsten Tage passierte nichts Neues. Wir tranken brav jeden Morgen den Smoothie und beschäftigten uns mit Astrophysik, geistigem Eigentum und lernten Serbokroatisch – unter anderem. Es war alles kinderleicht. Zu blöd nur, dass wir nach der Schule das Gelernte wieder vergaßen. Und auch noch ein paar andere Dinge.

Aber das wusste der Lehrer ja nicht, und so war er weiterhin rundum glücklich.

»Mein schönster Traum ist wahr geworden«, freute er sich. »Ich bin der Superstar der Lehrer. Alle, die mit mir zu tun haben, sind in kürzester Zeit hochintelligent.«

»Das ist wunderschön, Schatz«, sagte seine Frau. »Aber bitte pass auf, dass du dich nicht übernimmst vor lauter Eifer.« Besorgt schaute sie ihn an.

»Das wird nicht passieren«, versicherte der

Lehrer. »Es läuft ja alles wie von selbst. Endlich habe ich meinen Unterrichtsstil gefunden. Nichts ist leichter als Unterrichten! Ich lasse einfach nur meine Intelligenz auf die Kinder strömen.«

In den nächsten Tagen saß der Lehrer im Schneidersitz auf seinem Tisch, hatte die Augen geschlossen und summte vor sich hin. Manchmal klang das wie ein Bienenschwarm. Aber wir kümmerten

uns nicht darum und erledigten brav die Aufgaben, die er uns gegeben hatte. Einmal bestellte der Direktor ihn in sein Büro. Wir belauschten das Gespräch natürlich mit Hannas Handy. Inzwischen konnten wir den Lehrer auch ausspionieren, ohne dass er telefonierte. Es reichte, dass er sein Telefon in der Hosentasche hatte.

»Werter Kollege«, sagte der Direktor, »ich muss zugeben, dass du die 5 Ö neulich in Bestform gebracht hast. Ganz erstaunlich.«

»Ach, das ist doch nicht der Rede wert«, sagte der Lehrer bescheiden.

»Wie machst du das nur?«, fragte der Direktor.

»Ich lasse einfach meine Klugheit leuchten«, antwortete der Lehrer. »Das funktioniert wie ganz helles Licht. Meine Klugheit geht auf die Schüler über wie ein Strahl. So wie Blumen Wasser brauchen, um zu erblühen, brauchen Schüler Klugheit. Einen Leuchtturm der Klugheit, der ihnen Orientierung gibt und sie in den sicheren Hafen der Bildung führt. Und dieser Leuchtturm bin ich.« Plötzlich war die Bescheidenheit des Lehrers wie weggeblasen.

»So muss es wohl sein«, grummelte der Direktor. »Wenn ich das Resultat nicht selbst sehen würde, könnte ich es kaum glauben. Überleg doch mal, wie albern das klingt: dass Klugheit auf andere übergeht wie ein Strahl! Eigentlich ist so was doch gar nicht möglich.«

Der Lehrer schwieg. Vielleicht war er beleidigt.

»Jetzt wäre eigentlich ein guter Moment, die Wahrheit zu sagen«, flüsterte Timo.

Der Direktor räusperte sich. »Kein Grund, beleidigt zu sein, Kollege. Ich merke ja selbst, dass es funktioniert. Und deshalb habe ich für morgen ein paar Journalisten von der Zeitung und vom Fernsehen eingeladen. Wir müssen der Öffentlichkeit zeigen, was für tolle Unterrichtsmethoden wir an unserer Schule entwickelt haben.«

»Wir?«, fragte der Lehrer irritiert.

»Ja. Du und ich. Ich habe dich und deine, äh, besondere Lehrerpersönlichkeit immer unterstützt. Ohne mich hättest du diesen neuen Stil nie entdeckt. Ich bin der Dünger, der dein Talent zum Blühen gebracht hat. Oder anders gesagt: Wir sind Batman und Robin des Bildungswesens.«

»Und wer von beiden bin ich?«, hakte der Lehrer nach.

»Robin natürlich. Du kannst nur glänzen, weil ich dich beschütze.«

»Hm. Na gut, einverstanden. Aber nur, wenn ich auch mal hier in deinem Zimmer sitzen und das Nicht-stören-Lämpchen einschalten darf«, sagte der Lehrer.

Der Direktor überlegte. »Okay, warum nicht. Ich bin nun mal ein großzügiger Typ. Hauptsache, du zeigst den Fernseh- und Zeitungsleuten morgen, dass du eine schwierige Klasse innerhalb einer Stunde zu Superschülern machst. Ach was: dass du sämtliche Schüler der Schule innerhalb einer Stunde zu den intelligentesten des Landes machst!«

»Aha?«, fragte der Lehrer und klang nun etwas unsicher.

»Ach komm, Kollege, für dich ist das doch kinderleicht! Du machst genau das, was du mit der 5 Ö gemacht hast. Nur eben mit allen.«

»Also gut«, willigte der Lehrer ein.

Dann wurde es still.

Wir sitzen tief in der Patsche

»Wir müssen dem Lehrer beistehen«, sagte Hanna.

»Aber wie?«, überlegte ich.

»Können wir nicht einfach zu ihm gehen und sagen, dass alles nur von dem Smoothie kommt?«, schlug Tiina vor.

»Ich glaube, dazu ist es jetzt zu spät«, sagte Timo. »Die Frau des Lehrers weiß nicht, dass der Lehrer noch keinen einzigen Tropfen von ihrem Smoothie getrunken hat. Und der Lehrer weiß nicht, dass ihr nur wegen des Smoothies so schlau seid. Und der Direktor weiß nicht, dass der Lehrer kein Leuchtturm der Klugheit ist.«

»Wir sitzen in der Patsche. In der Smoothie-Patsche! In einer widerlichen, klebrigen Pampe!«, jammerte Mika.

»Und zwar bis zum Hals«, knurrte der Rambo.

»Aber für den Lehrer ist die Lage viel schlimmer«, fand ich. »Er weiß es nur nicht.«

Zum Glück hatte Timo eine glänzende Idee: »Wir müssen dafür sorgen, dass morgen alle Schüler was von dem Smoothie kriegen«, sagte er. »Dann wird es nach außen so wirken, als wäre er tatsächlich ein Superlehrer.«

Timo war immer noch ein echtes Genie. Jedenfalls im Pläneschmieden. Abgesehen davon waren wir jetzt viel schlauer als er. Jedenfalls dann, wenn wir vom Smoothie getrunken hatten.

»Gute Idee«, lobte Hanna. »Aber wo kriegen wir so viel Smoothie her? Es muss ja für die ganze Schule reichen.«

»Wir könnten seine Zusammensetzung mit einem Hochdruck-Chromatografen analysieren«, schlug Pekka vor. »Und dann mischen wir ihn uns selbst.«

»Hat denn jemand so ein Gerät?«, fragte ich.

Fehlanzeige. Pekka hatte zwar erstaunliche Geistesblitze, aber praktisch denken konnte er noch immer nicht.

Wir standen vor einem echten Problem. Der Smoothie, den der Lehrer morgens immer dabeihatte, reichte nie und nimmer für alle Schüler.

Und ohne Smoothie blieben die Schüler dumm. Da konnte der Lehrer noch so viel Intelligenz abstrahlen, oder wie er das nannte.

»Moment mal. Die Frau des Lehrers hat doch gesagt, dass sie einen großen Kanister eingefroren hat«, fiel Tiina ein.

Stimmt! Wieso waren wir nicht gleich darauf gekommen? Wir hatten viel zu kompliziert gedacht. Dabei lag die Lösung des Problems auf der Hand: Wir mussten uns nur den Kanister holen, und schon konnten wir der ganzen Schule Smoothie anbieten. Babyleicht.

»Eine Frage hätte ich aber noch. Wie schmuggeln wir den Kanister möglichst unauffällig aus dem Gefrierschrank?«

»Batman schnappt sich einfach den gesamten Gefrierschrank!«, rief Mika.

»Ich könnte ein nettes Gespräch mit der Lehrerin führen. Eine freundliche, interessante Diskussion«, schlug ausgerechnet der Rambo vor.

»Wir könnten uns auch als Gefrierschrank-Spezialisten verkleiden, die zur Kontrolle vorbeikommen«, meinte Tiina.

»Oder wir überlassen den Job meinem Vater, der holt sich den Kanister im Handumdrehen«, warf Pekka ein. »Er ist darin ein echter Experte.«

»Du meinst, dein Vater ist ein Einbrecher?«, fragte ich entsetzt.

»Blödsinn. Aber er ist richtig gut darin, heimlich an Kühl- und Gefrierschränke zu gehen«, erklärte Pekka. »Sagt meine Mama immer.«

»Dafür, dass ihr angeblich so schlau seid, sind eure Vorschläge furchtbar dumm«, seufzte Timo.

Ohne zu wissen, worauf er hinauswollte, stimmten wir ihm mit ernstem Kopfnicken zu.

Wir merkten es ja selbst:

Die Wirkung des letzten Smoothies ließ bereits wieder nach.

Abrakadabra, simsalabim!

Aufgeregt standen wir vor der Haustür des Lehrers. Wir hatten uns als Hexen und Zauberer verkleidet. Alle trugen ein Kopftuch, unter den Arm hatten wir uns einen Besen geklemmt. Nur Mika hatte sich statt eines Kopftuchs seine Batmanmaske aufgesetzt, und seinen Besen nannte er Bat-Peitsche.

»Ob unser Plan aufgehen wird?«, fragte Hanna besorgt.

»Jetzt gibt es kein Zurück mehr«, sagte Timo.

»Wenn wir den Lehrer und seine Frau ordentlich verhexen, wird der Tausch schon klappen«, versuchte Tiina gute Stimmung zu verbreiten.

»Aber vielleicht wundern die beiden sich, weil Halloween doch erst in zwei Wochen ist«, gab Hanna zu bedenken.

Sie hatte recht. Das war eine echte Schwachstelle.

»Wir müssen einfach hoffen, dass die beiden in

den letzten Tagen keine Zeit hatten, in den Kalender zu gucken«, sagte ich.

Was ich sonst noch dachte, behielt ich für mich: Hätte die Wirkung des Smoothies noch nicht nachgelassen, dann wären wir alle schlauer! Das Leben war so viel einfacher, wenn man clever war.

Ich nahm all meinen Mut zusammen und hämmerte mit meinem Besen an die Haustür.

Als Erstes hörten wir das Bellen von Koj und Ote, den zwei Hunden des Lehrers und seiner Frau. Oder war es der Lehrer, der so merkwürdig bellte? Hatte er etwa Keuchhusten? Darüber konnten wir nicht weiter nachdenken, denn nun hörte man viele Trippelschritte näher kommen. Das mussten die beiden Kinder sein, Anna und Otso. Dann ging endlich die Tür auf. Erst sahen wir Annas rundes Gesicht, dann die Schnauze von Koj. Er sprang an Hanna hoch und leckte ihr über den Mund. Schließlich kam der Lehrer herbeigeschlurft. Er hob fragend die Augenbrauen und biss in ein Butterbrot.

»Trolle!«, rief die kleine Anna und zeigte mit dem Finger auf uns.

»Wir sind keine Trolle, sondern Hexen und Zauberer«, korrigierte Hanna.

»Schatz, wer ist es denn?«, hörten wir die Frau des Lehrers rufen.

»Es sind sechs kleine Omas und ein Hausmeister im Fledermauskostüm«, rief der Lehrer zurück.

»Ich bin kein Hausmeister«, sagte Mika beleidigt. »Ich bin Batman.«

»Und wir sind keine Omas«, schob ich hinterher. »Sondern Hexen.«

»Genau. Und heute ist Halloween«, sagte Mika. »Abrakadabra, simsala… äh, wie ging das noch mal?«

»Simsalabim«, fuhr ich fort und sagte schnell noch einen Halloween-Spruch auf: »Geister schreien, Hexen lachen, gib uns Süßes, sonst wird's krachen. Los, Kanister her.«

Um den Lehrer gut zu stimmen, hielten wir ihm zum Tausch einen Pizzakarton unter die Nase – da war noch ein Stück von gestern drin. Timo hatte es übrig gelassen.

»Und?«, fragten wir ungeduldig.

Der Lehrer schien nicht zu kapieren, was wir wollten. Er kaute nur immer weiter auf seinem Butterbrot herum.

»Muss Pipi!«, meldete sich die kleine Anna zu Wort.

»Wau!«, meldet sich Koj. Oder vielleicht war es auch Ote.

Irgendwie kamen wir nicht weiter.

Zum Glück erschien jetzt die Frau des Lehrers. Allerdings wirkte sie etwas abgelenkt. Sie trug Otso, der einen nackten Po hatte – sie war wohl gerade dabei gewesen, ihn zu wickeln.

»Na, das ist ja eine Überraschung! Halloween-Hexen, die schon zwei Wochen früher kommen!«

»Dafür haben sie uns Pizza mitgebracht«, sagte der Lehrer, legte den Rest seines Butterbrotes in den Pizzakarton und schnappte sich das kalte Pizzastück. Bevor er reinbiss, schnupperte er kurz daran.

»Genau. Wir haben euch Pizza mitgebracht, und jetzt seid ihr dran«, forderte Hanna.

»Die Pizza ist ehrlich gesagt ziemlich kalt und trocken«, murmelte der Lehrer enttäuscht.

»Muss Pipi«, quengelte Anna.

»Schatz, gehst du bitte kurz mit ihr aufs Klo«, sagte die Frau des Lehrers.

Der Lehrer schluckte den letzten Bissen Pizza hinunter, nahm Anna bei der Hand und verschwand.

Perfekt! Jetzt konnten wir die Frau des Lehrers ganz in Ruhe um den Kanister bitten.

»Ihr Lieben, wäre es in Ordnung, wenn ihr in zwei Wochen noch mal kommt? Ich habe noch gar nichts für Halloween eingekauft«, sagte sie.

»Das geht leider nicht«, widersprach Timo, »wir können keinen Tag länger warten.«

»Genauer gesagt, keine Sekunde«, sagte ich. »Und wir brauchen den ganzen Kanister.«

»Ach, ihr wollt nur was zu trinken? Na, das ist kein Problem. Immerhin habt ihr uns ein Stück Pizza gebracht. Wartet, ich verschwinde mal kurz in der Küche.«

Die Frau des Lehrers eilte nach drinnen und kam mit einem weißen Saftkanister zurück. Nur Otsos Popo war noch weißer.

»Hier habt ihr einen echten Hexentrunk«, sagte die Frau des Lehrers und zwinkerte uns zu.

Wir nahmen den Kanister, machten einen Knicks und ritten auf unseren Besen davon.

»Hoffentlich mögt ihr den Saft«, rief die Lehrerin uns hinterher.

Aber klar! Hinter der nächsten Straßenbiegung blieben wir stehen und klatschten uns ab. Geschafft.

Ein echter Festtag

Am nächsten Morgen trafen wir uns zwanzig Minuten vor der ersten Stunde. Wir hatten alle mies geschlafen und hielten uns die Bäuche. Das kam von dem Saft, von dem wir gestern ziemlich viel getrunken hatten. Natürlich war uns dabei sofort aufgefallen, dass er rot war und nicht gelb. Aber wir hatten gehofft, dass er trotzdem wirken würde, und extraviel davon getrunken. Leider war die einzige Wirkung Durchfall gewesen.

»Wir dürfen die Hoffnung nicht aufgeben«, sagte Hanna, »es gibt immer einen Plan B.«

»Und wie sieht der aus?«, hakte ich nach.

»Das weiß ich im Moment noch nicht, aber ich bin mir sicher, es gibt ihn«, behauptete Hanna.

Im nächsten Moment sahen wir den Lehrer über den Schulhof gehen. Er lächelte selbstbewusst. Und er trug einen roten Saftkanister!

»Vielleicht ist das ja der richtige!«, rief Tiina.

»Es muss der richtige sein«, jubelte Hanna.

»Ihr könntet ausnahmsweise recht haben«, sagte Timo.

»Wenn es nicht der richtige ist, hau ich die ganze Schule in den Mixer«, brummte der Rambo.

»He, wovon redet ihr?«, fragte Pekka.

Statt es ihm zu erklären, rannten wir schnell ins Klassenzimmer und setzten uns hin. Wie jeden Morgen holte der Lehrer die kleinen Becher hervor und schenkte uns nacheinander ein.

»Das wird ein echter Festtag«, freute er sich. »Ein Festtag der Bildung.«

Wir grinsten. Es würde alles gut gehen, der Kanister war groß genug für die ganze Schule. Unser Lehrer wäre gerettet!

»Heute werde ich allen zeigen, dass ich der beste Lehrer der Welt bin«, kicherte der Lehrer vorfreudig. »Und auch für euch ist heute ein Festtag. Ab sofort müsst ihr nie wieder diesen Smoothie trinken! Schaut nur – endlich ist der doofe Kanister alle.«

Und tatsächlich: Der Lehrer, der gerade vor Pekka stand, schüttelte die allerletzten Tropfen in dessen Becher. Er drehte den Kanister sogar auf den Kopf – kein einziger Tropfen kam mehr raus.

»Das Leben kann so schön sein«, triumphierte er und warf den Kanister in den Mülleimer. Von dem scheppernden Geräusch zuckten wir erschrocken zusammen. Danach herrschte Totenstille.

Wir starrten auf die Becher vor uns. Was sollten wir tun? Sollten wir unsere Portionen in mehrere Hundert Tropfen aufteilen und hoffen, dass auch winzige Mengen klug machten? Oder sollten wir alles allein austrinken und hoffen, dass der Intelligenzschub uns einen Plan C finden ließ? Wir entschieden uns für die zweite Möglichkeit und kippten das gelbe Getränk in einem Zug hinunter.

Ich spürte die Wirkung sofort. Es war, als hätte jemand einen Hahn aufgedreht, aus dem ununterbrochen neue Gedanken flossen: Gab es im Weltall Leben? Was befand sich jenseits der schwarzen Löcher? Wie viel Wasser gab es auf unserem Planeten? Wie klein war das kleinste Elementarteilchen? Musste das finnische Gericht Sommersuppe, eine Art Milchbrühe mit Gemüse, wirklich Erbsen enthalten? Und musste man so was wie Sommersuppe wirklich essen? Wie stellte man einen Wundersmoothie her? Und wieso machten wir nicht unseren eigenen Wundersmoothie, jetzt, wo wir gerade so klug waren?

»Leute, ich habe eine Idee«, flüsterte ich aufgeregt.

Tick, du bist dran!

In der Pause schlichen wir in die Schulküche, wo der neue norwegische Koch gerade das Mittagessen zubereitete.

»Jag lage fiskesuppe!«, murmelte Bjørn zufrieden. Das stimmte, er kochte tatsächlich Fischsuppe. Anscheinend liebte Bjørn Fisch. Anders konnte man nicht erklären, dass es täglich Fischgerichte gab.

Weil wir durch den Smoothie blitzgescheit waren, hatten wir natürlich einen tollen Plan C entwickelt, wie wir den Koch aus der Küche locken würden. Und obendrein hatten wir sogar noch einen Plan D, E, F, G, H und X. Plan X war von Pekka, und er fand ihn extrasuper.

»Hallo, Koch«, begann ich mit Plan C. »Im

Supermarkt gibt's heute frische Heringe im Angebot.«

Doch nichts passierte. Der Koch rührte sich nicht von der Stelle.

»Im Modeladen gibt es Norwegerpullis zum halben Preis!« Das war Hannas Plan D.

Bjørn lächelte jetzt zwar wehmütig, rührte aber weiter in der Fischsuppe herum.

»Tick, du bist dran! Wir spielen Fangen«, rief Tiina und rannte weg. Der Koch kratzte sich zwar an der Stelle, die Tiina berührt hatte, rannte ihr jedoch nicht hinterher.

»Du musst schnell ins Sekretariat«, versuchte es Mika. »Deine Mama ist am Telefon.«

Der Koch hielt kurz inne, rührte aber gleich wieder weiter.

»Wenn du nicht gleich aus der Küche verschwindest, dann latz ich dir eins mit dem Lachs!«, drohte der Rambo und stieß sein typisches Knurren aus.

Bjørn grinste kurz, blieb aber seelenruhig stehen und rührte weiter.

Nun war Pekka mit seinem Plan X dran: »Ein Norweger, ein Finne und ein Schwede wollen …« Weiter kam er nicht.

»Der Schwede verliert«, brummte Bjørn und schickte ein donnerndes Lachen hinterher.

Panisch sahen wir uns an. Keiner der Pläne hatte funktioniert. Und nach dem Mittagessen würden die vielen Journalisten mit ihren Mikrofonen und Fernsehkameras kommen. Wir hatten nicht mehr viel Zeit. Dummerweise merkten wir, dass die Wirkung des Smoothies schon jetzt stark nachließ. Da konnte nur noch Timo helfen.

»Bjørn«, sagte er. »Dem Wetterbericht zufolge schneit es morgen. Der Winter steht vor der Tür. Hast du eigentlich schon deine Skier gewachst?«

Bjørn erstarrte. Seine Augen bekamen einen merkwürdigen Glanz. Dann legte er die Kelle beiseite, zog seine Schürze aus und hängte sie an den Haken.

»Heja, heja!«, rief er und marschierte winkend aus der Küche.

»Norweger lieben Skifahren«, wusste Timo.

Genau da klingelte es zur nächsten Stunde. Wir mussten uns beeilen, sonst würde der Lehrer sich wundern, wo wir blieben. Leider hatten wir keinen Funken Grips mehr im Kopf.

»Woraus besteht der Smoothie noch mal?«, fragte Hanna.

»Mehl?«, überlegte Tiina.

»Gel?«, vermutete ich.

»Glibber?«, schlug Mika vor.

»Leute, das Wichtigste sind die Wunderbeeren«, erinnerte Timo uns.

»Und matschig muss es sein«, ergänzte Pekka, »eine matschige Pampe.«

»So was trink ich nie im Leben!«, knurrte der Rambo.

Jetzt lief uns wirklich die Zeit davon. Wir mussten handeln! Wir stellten einfach alle Zutaten, die wir finden konnten, neben den riesigen Suppentopf und schütteten sie nacheinander hinein. Sie Suppe brodelte kurz auf und färbte sich ein bisschen rötlich, abgesehen davon sah sie ganz normal aus. Auf dem Weg in unser Klassenzimmer rannten wir noch schnell am Speisesaal vorbei und schrieben an die Tafel: Überraschungssuppe.

Das Wort »Fischsuppe«, das der Koch bereits hingeschrieben hatte, strichen wir durch.

Und dann ...

Das Mittagessen lief bestens. Niemandem fiel etwas auf. Ein paar Schüler ließen sich von der Frau an der Essensausgabe sogar einen kleinen Nachschlag geben.

Nur der Lehrer und der Direktor aßen nichts. Wahrscheinlich waren sie zu aufgeregt.

»Wo steckt eigentlich der neue Koch?«, fragte der Lehrer. »Sonst steht er doch immer hier herum.«

»Er hat blitzschnell gekündigt. Wegen Heimweh. Er hat die Fischvielfalt, Norwegerpullis, traditionelle Kinderspiele und seine Skier vermisst«, erklärte der Direktor.

Wir blickten uns nervös um. Hoffentlich hatte unsere Suppe einen ähnlichen Effekt wie der Smoothie. Schon eine einzige intelligente Stunde würde reichen! Auch uns selbst beobachteten wir genau. Leider war außer einem leichten Zwicken in der Magengegend noch nichts zu merken.

Vielleicht war die Pfefferpackung doch zu groß gewesen, die wir in die Suppe geschüttet hatten? Auch die vielen Erbsen und Blumenkohlstücke konnten daran schuld sein. Oder die Hefewürfel. Oder die Rosinen. Oder die Datteln. Oder was auch immer.

Zwanzig Minuten später saßen wir aufgeregt mit allen anderen Kindern in der Turnhalle. Dort waren für uns Bänke und Stühle aufgestellt worden. In der Mitte hockte auf einem großen Tisch der Lehrer. Auf der Tribüne saßen die Journalisten und Kameramänner.

Der Lehrer hatte die Augen geschlossen und schien sich zu konzentrieren. Von seinen Schultern hing ein weinroter Umhang, der uns stark an seinen Wohnzimmervorhang erinnerte. Neben dem Lehrer stand der Direktor und strahlte.

»Ich bitte um absolute Ruhe!«, rief er und breitete die Arme aus. »Verehrte Journalisten. Wir werden Ihnen heute ein Wunder präsentieren. Ein Wunder, das allein ich ermöglicht habe. Wir wissen zwar schon, dass die finnischen Schulen, die finnischen Lehrer und natürlich auch die finnischen Direktoren die besten der Welt sind. Doch hier erreichen wir ein ganz neues Level. Dank meines großen Talents ist aus diesem Lehrer hier ein Superlehrer geworden.«

Der Lehrer machte kurz die Augen auf und blinzelte irritiert. »Moment mal«, fing er an, »es war doch genau andersherum! Ich …«

Der Direktor ließ ihn nicht ausreden. »Heute werden Sie live miterleben, was an meiner Schule möglich ist. Hier werden Grundschüler im Handumdrehen zu Studenten gemacht! Und in die leer gewordenen Klassenzimmer setzen wir dann Gastschüler aus anderen Ländern und lassen auch sie an diesem Wunder teilhaben. Diese Schule wird ein Ort höchster Klugheit! Eine Universität reinster Intelligenz. Und ich bin der Direktor von allem. Der Kanzler!«

»Moment mal«, versuchte der Lehrer sich wieder einzuschalten, doch der Direktor übertönte ihn einfach und redete weiter. Leider konnten wir uns nicht länger auf seine Worte konzentrieren, denn das Zwicken im Bauch wurde immer stärker.

Genauer gesagt: Aus dem Zwicken wurde ein Piksen, aus dem Piksen ein Kneifen und aus dem Kneifen ein Blubbern. Und das schien allen so zu gehen, denn egal, wo man hinsah, jedes Kind hielt sich den Bauch und rutschte unruhig hin und her.

Doch der Direktor war so in seine Worte vertieft, dass er davon nichts mitbekam. Und der Lehrer hatte ja die Augen zu.

»Und nun kommt der große Augenblick!«, verkündete der Direktor. »Ich bitte um Ruhe!« Dass außer ihm sowieso niemand redete, schien er nicht zu merken. »Wir starten jetzt unseren Superunterricht. Bitte schalten Sie Ihre Kameras ein.«

Eine Frau mit Kopfhörern eilte zu ihm und flüsterte etwas in sein Ohr. Der Direktor grinste breit.

»Ich höre gerade, dass unser einzigartiger Superunterricht live in sechzig Länder übertragen wird. Und die restlichen Länder können alle über das Internet zuschauen!«

Das war natürlich eine große Sache. Zu dumm nur, dass sich nun wirklich niemand von uns Kindern mehr darauf konzentrieren konnte. Die Zutaten der Überraschungssuppe schwappten in unseren Bäuchen durcheinander wie in der allerschlimmsten Sturmflut.

»Und jetzt«, sprach der Direktor und schaute zu den vielen Kameras auf der Tribüne, »erlebt die gesamte Welt, was an meiner finnischen Schule möglich ist. Alles, was Sie jetzt sehen und hören, ist mein Werk! Das Werk eines Genies!«

Der Direktor tippte den Lehrer an, der die Augen aufmachte und ziemlich grimmig aussah. Vielleicht, weil er nichts zu Mittag gegessen hatte? Immerhin war er besser dran als wir. Lange würden wir die brodelnden Wellen in unseren Bäuchen nicht mehr bändigen können.

Der Lehrer reckte den Kopf und breitete konzentriert die Arme aus.

»Es geht los«, flüsterte der Direktor andächtig. »Sie werden Ihren Augen nicht trauen. Aber das, was hier möglich ist, ist in der ganzen Welt möglich!«

Damit hatte er absolut recht.

Und dann ... passierte es!

Ein Riesenschwall flutete aus unseren Mündern und füllte ruckzuck den ganzen Turnhallenboden.

Für uns war es eine echte Erleichterung.

Am nächsten Tag hatte das YouTube-Video von unserer Brech-Attacke fast eine Milliarde Klicks.

Dagegen waren niesende Pandabären, kichernde Säuglinge und sprechende Hunde gar nichts.

Tatatataa!

Wir hatten einen Tag schulfrei. Die Turnhalle musste gründlich gereinigt und die ganze Schule durchgelüftet werden.

Gleich am nächsten Tag sagten wir dem Lehrer endlich die Wahrheit. Dass alles nur von dem Smoothie kam und wir in Wirklichkeit gar nicht so schlau waren.

Zum Glück nahm er es gelassen.

»Ich habe mir so was schon gedacht«, sagte er.

»Deine Frau könnte doch einen neuen Kanister mit Smoothie machen«, schlugen wir ihm vor.

»Nein.« Der Lehrer schüttelte entschieden den Kopf. »Für das Lernen gibt es keine Abkürzung. Bildung braucht Zeit. Außerdem bin ich jetzt viel weniger gestresst. Und auch mein Magen hat sich erholt. Wir brauchen keinen Smoothie mehr.«

So gut gelaunt und entspannt kannten wir unseren Lehrer gar nicht.

Schon bald erfuhren wir den Grund:

Unser Direktor hatte sein Amt niedergelegt. Er wollte an den Südpol ziehen und Pinguine unterrichten. Wir fragten natürlich sofort, wer unser neuer Schuldirektor werden sollte.

Da lachte der Lehrer von einem Ohr zum anderen und zeigte auf sich selbst:

»Tatatataa!«

Inhalt

Timo Parvela, 1964 geboren, war lange und gern Lehrer, bevor er Schriftsteller wurde. Er schreibt für Erwachsene und Kinder und wurde dafür vielfach ausgezeichnet. Seine Ella-Bücher sind in Finnland Kult. Auch in Deutschland sind sie inzwischen Lieblingsbücher von allen, die beim Lesen (und Vorlesen) gern Tränen lachen.

Sabine Wilharm, 1954 geboren, studierte an der Fachhochschule für Gestaltung in Hamburg und arbeitet seit 1976 als freie Illustratorin. Für Hanser illustrierte sie bereits »Schinken und Ei« von John Saxby, »Eugen Eule« von Janwillem van de Wetering und die Vorlesereihe »Pelle und Pinguine«. Sie zeichnete außerdem von Anfang an den deutschen Harry Potter.

Elina Kritzokat, 1971 geboren, absolvierte ein Studium der Literaturwissenschaft. Seit 2002 übersetzt sie Belletristik und Sachbücher aus dem Finnischen ins Deutsche, 2019 wurde sie dafür mit dem Finnischen Staatspreis für Übersetzung in ausländische Sprachen ausgezeichnet. Sie ist schon sehr oft mit Timo Parvela aufgetreten.

»Ella gehört zu den wenigen Schulgeschichten, die man auch in den Ferien lesen will!«

Die Zeit

Im Hanser Kinderbuch bereits erschienen:

»Ella in der Schule« (2007)
»Ella in der zweiten Klasse« (2008)
»Ella auf Klassenfahrt« (2009)
»Ella und der Superstar« (2010)
»Ella in den Ferien« (2011)
»Ella und die falschen Pusteln« (2012)
»Ella und der Neue in der Klasse« (2013)
»Ella und das große Rennen« (2013)
»Ella und der Millionendieb« (2014)
»Ella und ihre Freunde außer Rand und Band« (2014)
»Ella und die Ritter der Nacht« (2015)
»Ella und die 12 Heldentaten« (2016)
»Ella und das Festkonzert« (2016)
»Ella und das Abenteuer im Wald« (2017)
»Ella und der falsche Zauberer« (2018)
»Ella und ihre Freunde als Babysitter« (2020)

Schwarz-weiß illustriert von Sabine Wilharm
Alle Bände je 144–176 Seiten, gebunden
Auch als Hörbücher und E-Books lieferbar

Timo Parvela im Carl Hanser Verlag:

Ella in der Schule –
Abenteuer Schulanfang (2020)
Was für ein Schultheater (2020)
Eine turbulente Klassenfahrt (2020)

Farbig illustriert von Sabine Wilharm
Alle Bände je 64 Seiten, gebunden

Mein Ella-Freundebuch (2017)
Von Timo und Hilma Parvela
Farbig illustriert von Sabine Wilharm
96 Seiten, gebunden

Pekkas geheime Aufzeichnungen –
Der komische Vogel (2015)
Die Wunderelf (2016)
Der verrückte Angelausflug (2017)
Das verschollene Samuraischwert (2018)
Der König des Dschungels (2019)

Schwarz-weiß illustriert von Pasi Pitkänen
Alle Bände je 104–136 Seiten, gebunden

Die Originalausgabe erschien 2015 unter dem Titel
Ella ja kaverit liemessä bei Tammi in Helsinki.

Erscheint als Hörbuch bei Igel Records,
gelesen von Friedhelm Ptok

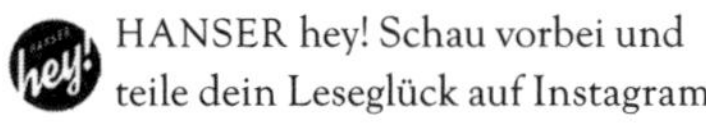
HANSER hey! Schau vorbei und
teile dein Leseglück auf Instagram

1. Auflage 2021
ISBN 978-3-446-26815-9

Satz im Verlag
Druck und Bindung: Friedrich Pustet, Regensburg
Printed in Germany

MIX
Papier aus verantwortungsvollen Quellen
FSC® C014889